MW01698102

PRINCESSE Academy

Le Palais Rubis

Princesse Olivia

et le Bal des Papillons

hachette JEUNESSE

PRINCESSE Academy

Le Palais Rubis

Institution

pour Princesses Modèles

Devise de l'école :

Une Princesse Modèle
est honnête, aimable
et attentionnée.
Le bien-être des autres
est sa priorité.

Le Palais Rubis dispense un enseignement complet, éducation artistique comprise, à l'usage des princesses du Club du Diadème. Notre programme inclut :

- Concours de Créativité de la Fête de l'Amitié
- Cours de Composition Florale (roses sans épine)
- Cours de Danse et Prestance
- Visite du Salon Annuel de Joaillerie Royale (à l'occasion de l'anniversaire de notre chère directrice)

Notre directrice, la Reine Cornélia, assure une présence permanente dans les locaux. Nos élèves sont placées sous la surveillance de l'Enchanteresse en Chef Marraine Fée, et de son assistante Fée Angora.

Notre équipe compte entre autres :

• Le Roi Gaspard IV
(Président d'Honneur)

• Lady Arabelle
(Infirmière en Chef)

• Lady Constance
(Secrétaire de Direction)

• La Reine Mère Matilda
(Maintien, Bonnes Manières et Art Floral)

Les princesses du Club du Diadème
reçoivent des Points Diadème afin
de passer dans la classe supérieure.
Celles qui cumulent assez de points
au Palais Rubis accèdent
au Bal de Promotion, au cours
duquel elles se voient attribuer
leur prestigieuse Écharpe Rubis.
Les princesses promues intègrent
alors en quatrième année
le Château de Nacre,
notre établissement de très haut
niveau pour Princesses Modèles,
afin d'y parfaire leur éducation.

*Le jour de la rentrée,
chaque princesse est priée
de se présenter à l'Académie
munie d'un minimum de :*

• Vingt robes de bal (avec dessous assortis)
• Cinq paires de souliers de fête
• Douze tenues de jour
• Trois paires de pantoufles de velours
• Sept robes de cocktail
• Deux paires de bottes d'équitation
• Douze diadèmes, capes,
manchons, étoles, gants,
et autres accessoires indispensables.

Coucou !
Tu aimes les bals, toi ? Moi, j'adore ça !
Et je suis sûre que le Bal des Papillons
sera fantastique ! J'ai tellement hâte d'y aller !
Toutes mes amies de la Chambre
des Coquelicots y seront :
Chloé, Noémie, Marie, Maya, Jessica… et toi !
On va bien s'amuser…
si ces pestes de Précieuse et Perla
nous laissent enfin tranquilles !

Oh ! Mais avec tout ça,
j'ai oublié de me présenter…
Je suis Princesse Olivia.
Et je suis vraiment heureuse
que tu suives nos aventures
à la Princesse Academy !

À toutes les princesses qui travaillent dur à Hachette Children's Books, avec affection et reconnaissance, V. F.

Chapitre premier

— Dors, Olivia ! me supplie Marie du fond de son lit.

Ce n'est pas ma faute : je n'y arrive pas !

Nous nous sommes couchées dans la Chambre des Coquelicots, comme d'habitude. Et puis, nous avons parlé du Bal des Papillons jusqu'à ce que Marraine Fée vienne nous souhaiter bonne nuit et éteindre la lumière.

Mais avec Marie et Noémie, nous avons quand même continué à discuter dans le noir ! Et maintenant, je pense trop à ma

robe de bal pour réussir à m'endormir.

Je chuchote :

— Tu sais, Marie, je préfère qu'elle soit violette, finalement. Pas orange ! Qu'est-ce que tu en penses ?

Mais Marie ne me répond pas.

Normal : elle vient juste de s'endormir ! Je pousse un gros soupir en me tournant vers Noémie.

— Tu ne crois pas que j'ai raison ? Elle sera plus jolie en violet, non ?

— Si, si, bâille Noémie. Tu seras magnifique, Olivia. Bonne nuit…

Je souris et je ferme les yeux.

Mais rien à faire : au bout d'une minute, toutes les couleurs de l'univers se bousculent dans ma tête.

J'hésite, pour la couleur de ma robe ! Et ça m'empêche de dormir !

Tout à coup, je sursaute. J'ai

entendu un bruit bizarre ! On dirait que quelqu'un marche dans le couloir...

Et voici que la porte de notre chambre s'entrouvre tout doucement !

Je me redresse : mon cœur bat

à mille à l'heure. Je n'ai pas vraiment peur. C'est sûrement Marraine Fée qui vient vérifier que nous sommes sages...

Pourtant, je retiens ma respiration et je tends l'oreille en frissonnant. J'entends un autre bruit... Mais cette fois, ça vient carrément de la chambre !

— Qui est là ? j'articule avec courage.

Alors, il y a une sorte de course à pas feutrés, un choc sourd, et la porte se referme brusquement.

— Marie ! Noémie ! je souffle. Vous avez entendu ça ? Chloé ? Jessica, Maya ?

Mais tout le monde dort.

Je repousse ma couette et je me lève sur la pointe des pieds. Puis je prends une profonde inspiration, j'entrebâille la porte de la chambre et je jette un coup d'œil sur le palier.

Là, je me mords les lèvres pour ne pas crier : Précieuse et Perla se

faufilent dans le couloir et s'engouffrent dans l'escalier !

Qu'est-ce que je dois faire ?

Les jumelles se comportent de façon étrange depuis notre retour du Manoir Papillon. Elles ont été si méchantes, là-bas, avec

Noémie, que le Roi Léon de Castel-Rond les a renvoyées au Palais Rubis avant la fin du week-end.

Notre directrice, la Reine Cornélia, les a beaucoup grondées ! Elle leur a même retiré des tas de Points Diadème. Elles auraient aussi dû être privées de Bal des Papillons. Mais elles ont fait un vrai cinéma ! Elles ont pleuré et pleuré. Elles ont promis qu'elles seraient de véritables Princesses Modèles, et la Reine a annulé leur punition.

D'ailleurs, c'est vrai : Précieuse et Perla font des efforts !

Mais il y a quelque chose qui cloche…

Quand elles nous aident à ranger la classe, ou quand elles nous complimentent sur nos tenues, elles ont tout le temps un drôle de petit sourire en coin…

Pourtant, on dirait que je suis la seule avoir remarqué ça !

J'ai demandé à mes amies si elles croyaient que les jumelles préparaient un mauvais coup, et elles ont juste secoué la tête.

— Je suis certaine qu'elles veulent sincèrement tenir leur promesse ! a dit Noémie.

— Elles essaient de s'amélio-

rer ! ont approuvé en chœur Jessica, Maya, Chloé et Marie.

Sauf que je viens de les apercevoir dans le couloir ! Et je parie qu'elles se sauvaient de notre chambre !

Je décide de tout raconter aux autres demain matin. On verra bien ce qu'elles en pensent !

Je m'apprête à retourner me coucher, lorsque Marraine Fée surgit de l'escalier.

— Princesse Olivia ! La Grande-Duchesse Délia arrive demain avec ses Couturières Royales, vous l'avez oublié ? Vous devez être en pleine forme pour confectionner votre robe de bal ! Allez vite au lit !

— Oui, Marraine Fée !

Un instant, j'ai envie de lui dire, pour Précieuse et Perla. Mais

« une Princesse Modèle digne de ce nom ne rapporte jamais ».

Alors je retourne sous ma couette, je me pelotonne contre mon oreiller.

Et forcément, je me remets à penser à ma robe !

C'est décidé ! Elle sera violette, comme le merveilleux Papillon Empereur que j'ai vu au Manoir Papillon. Ou plutôt mauve ! Un joli mauve pâle…

Chapitre deux

Je me réveille brusquement : Maya me secoue comme un prunier.

— Debout, Olivia ! La cloche du petit-déjeuner sonne dans dix minutes !

Et *hop !* Je bondis sur mes

pieds, je me précipite à la salle de bains et j'enfile mes vêtements à toute vitesse.

Quand je m'installe à table, au réfectoire, tout le monde a déjà commencé à manger. Et la Reine Cornélia entre pile à ce moment-là ! Elle paraît un peu nerveuse.

— Vous êtes en retard, Princesse Olivia ! remarque-t-elle immédiatement. Vous savez pourtant comme cette journée est importante !

J'ai tellement honte que je deviens rouge comme une tomate.

— Je suis désolée, Votre Majesté !

— Vous êtes quoi ?

Notre directrice est un peu sourde... Normalement, elle utilise un cornet acoustique, pour nous entendre. Mais ce matin, elle ne l'a pas !

La Reine Cornélia fronce les sourcils, puis avance jusqu'au milieu de la salle.

Dans mon dos, Précieuse et Perla ricanent tout bas. Ça me rappelle soudain ce qui s'est passé cette nuit ! J'attrape Chloé par le bras. Je lui chuchote à l'oreille :

— Tu sais, cette nuit, dans notre chambre, il y a eu un bruit et...

Je m'interromps : la Reine Cornélia lève la main pour réclamer le silence.

— Bonjour, mes chères Princesses ! J'ai l'honneur de

vous annoncer que le Palais Rubis accueille aujourd'hui la Grande-Duchesse Délia ! Elle vient vous aider à confectionner vos robes, pour le Bal des Papillons. Quand vous aurez terminé votre petit-déjeuner, vous

monterez en salle de couture. Ensuite…

La directrice se tait un instant. Elle reprend d'un ton inquiet :

— … J'ai dû égarer mon cornet acoustique. L'une d'entre vous l'aurait-elle vu, par hasard ?

Dans la salle, personne ne répond. La Reine pousse un gros soupir.

— Je sais que mes Princesses Modèles ne l'auraient pas caché exprès. Ce serait une trop vilaine farce ! Si jamais vous le retrouvez, je compte sur vous pour me le rapporter aussitôt.

La Reine Cornélia quitte le

réfectoire. Du coin de l'œil, je vois Perla donner un petit coup de coude à Précieuse. Elle lui désigne Noémie en ricanant méchamment.

Perla en veut encore à mon amie, à cause de leur dispute au Manoir Papillon ! Pourtant, quand elle croise mon regard, elle se met à sourire d'un air hypocrite tout en débarrassant la table.

— Ma chère Olivia, minaude-t-elle. Tu dois être tellement pressée de porter ta merveilleuse robe de bal ! Tu seras très belle, en violet. N'est-ce pas, Précieuse ?

— Oh oui ! Mille fois plus belle qu'en orange !

Tiens ! Comment les jumelles savent-elles que j'ai décidé de

m'habiller en violet ? Elles ont dû m'entendre en parler dans le noir, hier soir, quand elles sont passées dans le couloir…

« Ou quand elles sont entrées ! » je ne peux pas m'empêcher de penser.

Et là, j'ai un doute horrible ! Je crois savoir ce qu'elles sont venues manigancer dans notre chambre, ces deux pestes !

Vite, je file vers la porte en m'excusant :

— Je vous rejoins à la salle de couture dans cinq minutes !

Mes amies sont surprises. Mais je n'ai pas une seconde à perdre ! Je leur expliquerai tout à l'heure...

Je fonce à la Chambre des Coquelicots. Je regarde à droite,

à gauche. Puis sous le lit de Noémie… Et j'y découvre le cornet acoustique de la Reine Cornélia !

— Je le savais !

Chapitre trois

Je récupère le cornet acoustique et je me dépêche de regagner le grand escalier. Je suis fière de moi !

Soudain, je croise Marraine Fée et la Reine Cornélia. Je brandis le cornet en m'écriant :

— Je l'ai retrouvé, Votre Majesté !

— Ah ! Bravo, Princesse Olivia ! se réjouit notre vieille directrice. Où était-il ? Dans l'escalier ?

Je secoue la tête.

— Non, Votre Altesse. Sous le lit de Noémie !

Je me mords la langue. Quelle maladroite ! On pourrait croire que je dénonce mon amie ! J'essaie de me rattraper :

— Ce n'est pas ce que je voulais dire… Noémie n'a rien à voir avec tout ça ! C'est juste que…

Mais je m'embrouille, je ne fais qu'empirer les choses. C'est une catastrophe ! La Reine Cornélia me jette un coup d'œil sévère.

— Princesse Olivia ! Voulez-vous m'expliquer une fois pour toutes comment mon cornet acoustique s'est retrouvé dans la Chambre des Coquelicots ?

Je prends une profonde inspiration, j'ouvre la bouche et… je reste muette.

Qu'est-ce que je dois dire ? Je ne peux quand même pas accuser les jumelles comme ça ! D'abord, ce serait rapporter. Et puis, après tout, je ne les ai pas vues mettre le cornet acoustique sous le lit de Noémie ! Je murmure seulement :

— Pardonnez-moi, Votre Majesté. Je ne peux pas expliquer comment votre cornet est arrivé jusque-là. Je peux juste promettre que Noémie n'y est pour rien !

Marraine Fée avance d'un pas.

Elle me prend le cornet acousti-
que des mains et ordonne :

— Pour l'instant, montez en salle de couture, Olivia !

Puis, elle se tourne vers la directrice.

— Cette histoire est bien mystérieuse en effet, Votre Altesse. Si vous le permettez, j'aimerais éclaircir tout ça.

La Reine Cornélia hoche la tête. Elle a l'air très mécontente ! Elle me gronde encore :

— Vous me décevez beaucoup, Princesse Olivia. Je vous attends dans mon bureau à six heures ce soir. Si Marraine Fée n'a pas résolu cette affaire d'ici là, vous me raconterez toute la vérité !

Elle me lance un regard glacial avant de s'éloigner.

Marraine Fée soupire :

— Ma chère enfant, je sais que les Princesses de la Chambre des Coquelicots se soutiennent toujours entre elles. Mais je vous conseille de persuader la coupable de venir me voir dès que possible. Je suis sûre qu'elle voulait seulement s'amuser un peu avant

de rendre le cornet à notre directrice. Pourtant, elle a eu tort de ne pas parler au petit-déjeuner !

Elle lève les yeux au ciel, puis ajoute :

— Ce n'était pas très malin non plus de le cacher sous le lit de Noémie ! Non, décidément, tout cela ne me dit rien de bon !

Et elle s'en va à son tour.

Je n'en reviens pas ! Comme ça, Marraine Fée croit que l'une d'entre nous a volé le cornet acoustique de la Reine Cornélia !

En entrant dans la salle de couture, je meurs d'envie de forcer Précieuse et Perla à avouer ce qu'elles ont fait...

Mais c'est impossible, bien sûr !

La Grande-Duchesse Délia se tient devant la longue table à confection. Autour d'elle, les Couturières Royales déroulent de magnifiques tissus irisés.

— Mes chères Princesses, vous allez dessiner votre robe, explique notre professeur. Une fois que vous serez sûres de vous, nous découperons les patrons. Mes assistantes vous aideront ensuite à les tailler dans le tissu que vous aurez choisi.

Je me glisse près de Jessica. Là, je fais une belle révérence devant la Grande-Duchesse pour lui présenter mes excuses :

— Veuillez pardonner mon retard, Votre Altesse !

— Princesse Olivia ! lance-t-elle en agitant ses ciseaux dans ma

direction. Où étiez-vous donc passée ?

— Je… J'ai retrouvé le cornet acoustique de la directrice !

Précieuse et Perla font une de ces têtes ! Elles se mettent à chuchoter. Même si je ne m'étais pas déjà doutée qu'elles avaient mis le cornet acoustique sous le lit de Noémie, je l'aurais tout de suite compris !

— Silence ! intervient alors la Grande-Duchesse Délia. Il est temps de choisir votre tissu, Princesses !

Chapitre quatre

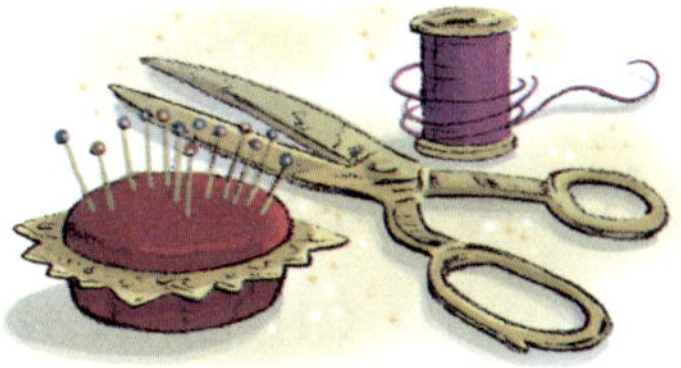

Oh là là ! J'ai hâte de tout raconter à mes amies… Mais le Cours de Couture est tellement intéressant que je ne vois pas le temps passer !

La Grande-Duchesse Délia inspecte soigneusement nos dessins.

Elle écoute attentivement nos idées. Puis elle donne des instructions aux Couturières Royales pour qu'elles réalisent exactement les patrons de nos rêves !

Pour ma robe, j'ai choisi de la soie violette avec de jolies petites fleurs brodées dessus : une merveille ! La Grande-Duchesse Délia

a alors une idée formidable : décorer ma ceinture avec un papillon en satin mauve !

J'accepte sans hésiter !

Quand la cloche du déjeuner sonne, nous avons bien avancé. Les patrons sont découpés, et épinglés aux tissus que nous avons choisis.

— Revenez après votre pause de midi, nous ordonne la Grande-Duchesse. Vos robes seront presque prêtes. Vous pourrez les essayer pour les dernières retouches !

Puis elle récupère son sac et

quitte la classe. Nous lui emboîtons le pas. Dans le couloir, Chloé m'attrape par le bras.

— Dis, Olivia… Où as-tu retrouvé le cornet acoustique ?

— C'est pour ça, que tu es partie en courant, au petit-déjeuner ? enchaîne Maya.

— Comment savais-tu où chercher ? ajoute Marie, étonnée.

Je n'ai même pas le temps d'ouvrir la bouche pour leur répondre : Perla vient se planter devant moi, les poings sur les hanches.

— Vous n'avez pas encore compris ? C'est Olivia, qui a volé

le cornet acoustique, hier. Et elle l'a caché dans la Chambre des Coquelicots !

— Non ! proteste Noémie. Olivia n'aurait jamais fait ça !

Perla insiste :

— Bien sûr que si ! Elle voulait même t'attirer des ennuis !

— Devine un peu où elle l'a mis ? renchérit Précieuse. Sous ton lit, Noémie !

— Comme ça, c'est toi qu'on aurait accusée ! termine Perla.

J'en ai le souffle coupé ! Quel culot !

— C'est archi-faux, Perla ! J'ai entendu un bruit bizarre, dans notre chambre, cette nuit. J'ai regardé à la porte, et je vous ai vues vous sauver, toi et ta sœur ! Alors quand la Reine Cornélia a expliqué qu'elle ne retrouvait pas son cornet acoustique, j'ai tout de suite compris ce que vous aviez fait… Je suis montée pour le vérifier et je ne me suis pas trompée : c'est vous qui avez caché le cornet sous le lit de Noémie pour qu'elle se fasse gronder !

Je suis certaine que les jumelles vont avouer, maintenant.

Mais Perla se tourne vers mes amies d'un air angélique :

— Ça alors, première nouvelle ! Est-ce qu'Olivia vous a dit, ce matin, qu'elle nous avait vues, Précieuse et moi, devant votre chambre ?

— Ben… non, admet Chloé.

— Et ce bruit bizarre, vous l'avez entendu, vous aussi ?

Mes amies secouent la tête. Eh non, elles n'ont rien entendu… Perla ajoute, l'air hautain :

— C'est bien ce que je pensais : Olivia est en train d'inventer n'importe quoi ! Elle a peur d'être punie et elle essaie de s'en sortir en accusant les autres !

— Comme d'habitude, cette menteuse s'en prend à nous ! persifle Précieuse.

Et sans ajouter un mot, elles s'éloignent d'un pas furieux.

En général, il en faut plus pour nous clouer le bec, à Noémie, Chloé, Marie, Jessica, Maya et moi ! Mais là, nous sommes toutes si choquées que nous restons bouche bée une minute entière !

Puis nous nous mettons à parler toutes à la fois. Je dois répéter encore et encore ce qui s'est passé la nuit dernière !

— Tu es sûre que tu n'as pas rêvé, Olivia ? suggère Maya.

Noémie me prend par la main et remarque :

— Si c'était un rêve, comment le cornet acoustique s'est-il retrouvé sous mon lit ?

— Aucune idée, murmure Maya. Je suis désolée, Olivia. Je te crois mais... Si tout est vrai, c'est bizarre que tu ne nous aies pas réveillées quand les jumelles fouillaient dans notre chambre !

— Oui, approuve Marie. Et ce qui est très étrange aussi, c'est

que personne n'ait rien entendu… sauf toi !

Chloé et Jessica hochent la tête. Je sens mon estomac se nouer. Mes meilleures amies devraient me croire moi, plutôt que Précieuse et Perla, quand même ?!

— Et Marraine Fée, Olivia ?

intervient soudain Noémie. Elle a dû voir les jumelles, quand elle t'a surprise dans le couloir ?

— Oh non ! je regrette. Elle est arrivée par l'autre côté !

Maya réfléchit.

— Décidément, c'est très étrange...

Elle hausse les épaules et me fait un sourire, mais je vois bien qu'elle doute encore ! Elle pense réellement que j'ai rêvé et ça, ça me rend malade !

— Et si tu étais somnambule ? me demande alors Marie. Tu as trouvé le cornet acoustique en dormant...

— … tu l'as rangé sous le lit de Noémie et tu as tout oublié, puisque tu dormais ! finit Chloé. Bravo !

Et elle applaudit, comme si elle avait résolu le mystère ! Je suis de plus en plus désespérée ! Je gémis :

— Mais je ne suis pas somnambule !

— Moi, je crois Olivia ! assure Noémie.

Elle est si gentille ! J'ai envie de l'embrasser ! Elle me redonne courage. Je déclare d'un ton de défi :

— Je ferai avouer ces deux pestes !

— Je ne vois pas comment, soupire Noémie. Nous n'avons aucun moyen de prouver qu'elles sont coupables… ni que nous sommes innocentes, d'ailleurs !

Nous nous regardons tristement.

C'est affreux : Noémie a raison !

Chapitre cinq

Quel dommage !

Cet après-midi aurait dû être extraordinaire… et il est si triste !

Nos robes sont très réussies. Normalement, mes amies et moi, on devrait sauter de joie ! Mais aucune de nous n'a le cœur à s'amuser, à cause de cette histoire de cornet acoustique.

Et puis, il va bientôt être six heures. L'heure de ma convocation au bureau de la Reine Cornélia… Je meurs de peur !

Mais ce qui m'énerve le plus, c'est Précieuse et Perla. Je ne les ai encore jamais vues si contentes

d'elles ! Elles rayonnent de bonheur !

À la fin du Cours de Couture, nous rangeons nos robes quand Marraine Fée entre en trombe dans la classe.

— Je viens voir vos chefs-d'œuvre, mes chères Princesses ! s'exclame-t-elle en riant.

Elle prend une robe au hasard, sur le portant.

— C'est vraiment adorable ! À qui appartient cette charmante tenue rose pâle ?

Émilie, de la Chambre des Roses, lève la main. Marraine Fée lui adresse un sourire complice,

puis elle agite sa baguette magique. Aussitôt, de minuscules boutons de roses fleurissent partout sur la mousseline.

— Oh ! Merci, Marraine Fée ! s'exclame Émilie, tout excitée.

— Allons, allons ! répond la magicienne. Une Princesse

Modèle mérite bien une robe enchantée !

Dans son coin, Perla fait une grimace. Elle se retient de râler, car en réalité, elle est jalouse !

Marraine Fée décroche alors une autre robe. Elle agite sa baguette et cette fois, des milliers de paillettes étincelantes apparaissent sur la ceinture de satin.

— Oh ! admire Daisy, de la Chambre des Roses. Merci mille fois, Marraine Fée !

L'Enchanteresse ajoute ainsi une petite touche de magie à chaque robe de bal, dortoir par dortoir. Au bout d'un moment, il ne reste plus que les nôtres, celles de la Chambre des Coquelicots, et celles de Précieuse et Perla.

D'ailleurs, les jumelles sont si curieuses de voir le résultat qu'elles se tordent les mains d'impatience.

Mais soudain, Marraine Fée s'arrête !

— Oups ! Je suis vraiment tête en l'air ! J'ai oublié de vous avertir, Princesses. Si jamais vous avez commis une mauvaise action, la magie s'inversera… Votre robe, au lieu d'embellir, enlaidira ! Un peu comme ça…

Elle agite sa baguette au-dessus d'un morceau de velours rouge flamboyant. Aussitôt, il se transforme en tissu rêche d'un vilain gris !

— Vous voyez ? dit l'Enchanteresse. Heureusement, jusqu'ici, tout s'est bien passé…

Elle nous contemple un moment, mes amies de la Chambre des Coquelicots et moi. Puis elle demande :

— Souhaitez-vous prendre ce risque, mes enfants ?

Nous nous dévisageons. Noémie me presse gentiment la main, pour m'encourager. Je lance :

— Oui, Marraine Fée. Vous pouvez continuer !

— Parfait. Et vous, Princesses Précieuse et Perla ?

Perla se force à sourire pour montrer qu'elle ne craint rien du tout. Mais Précieuse se dépêche

de décrocher sa robe et la serre fort contre elle.

— Je vous remercie, Marraine Fée, mais moi, ma robe me plaît comme elle est !

— Ne sois pas idiote ! marmonne sa sœur entre ses dents.

— Je ne suis pas idiote, Perla : je suis prudente ! rétorque Précieuse en lui tirant la langue. Et tu ferais mieux de m'imiter !

Sans prononcer un mot, Marraine Fée hausse un sourcil interrogateur... Perla croise les bras d'un air buté. Elle hésite, et déclare enfin :

— Je n'ai rien à me reprocher. Vous pouvez vous occuper de ma robe, Marraine Fée !

L'Enchanteresse brandit sa baguette magique et…

— Non ! Arrêtez ! supplie Précieuse.

Trop tard. Marraine Fée a déjà jeté le sort.

En moins d'une demi-seconde, la jolie robe vanille de Perla se transforme en un affreux jaune moutarde ! Précieuse se met à gémir :

— Et voilà ! Je t'avais bien dit, qu'on n'aurait jamais dû cacher

ce cornet acoustique de malheur ! Je savais que ça finirait mal ! Ça finit toujours mal !

Perla est complètement figée, une drôle d'expression sur la figure. Mais elle ne boude pas, non : elle se retient très fort de pleurer !

— Je pense que vous devriez retourner au plus vite dans votre chambre, Perla, note alors Marraine Fée avec douceur. Vous aussi, Précieuse.

Et devant la classe silencieuse, les jumelles sortent dans le couloir, la tête basse.

— Bien, reprend Marraine Fée. Olivia, puisque vous n'avez plus besoin d'aller voir la Reine Cornélia à six heures, profitons-en !

Elle me lance un clin d'œil et ajoute :

— Mes chères Princesses, je vous propose une répétition générale du Bal des Papillons ! Les élèves de la Chambre des Coquelicots doivent y aller sur un tapis volant de fleurs, c'est bien ça ?

Nous applaudissons en riant. Elle conclut :

— Une petite séance d'entraînement ne sera pas inutile ! Vous imaginez, si l'une d'entre vous tombait ? Cela manquerait d'élégance !

Chapitre six

Apprendre à se tenir sur un tapis volant : je ne connais rien de plus amusant !

Aucune de nous n'est tombée. Mais au début, nous étions quand même un peu inquiètes…

Et puis, maintenant que c'est le grand soir du Bal des Papillons, nous sommes des expertes !

Nous arrivons sur le tapis magique. Nous flottons dans les airs au milieu de centaines de splendides papillons. C'est féerique !

Dans la Salle de Bal, tout le monde nous applaudit ! Et nous, nous les saluons, sans oublier Précieuse et Perla. Pourtant, elles restent assises à l'écart, l'air malheureuses.

Les pauvres… Moi, je me sens si bien !

Soudain, j'ai une idée.

Dès que notre tapis en pétales de coquelicot atterrit sur le plancher, je fonce chuchoter quelque chose à Marraine Fée.

Elle rosit de joie en acquiesçant. Elle agite sa baguette. Aussitôt, tous les papillons dorés se regroupent. Ils traversent la

pièce dans un frou-frou d'ailes scintillantes…

Et vont se poser sur la robe de Perla, recouvrant ainsi l'horrible tissu jaune terne par des éclats d'or !

Surprise, Perla écarquille les yeux. Puis elle se met à sourire, sourire, sourire !

Hourra ! Que le bal commence !

L'orchestre entame la Polka des Papillons. Vite, j'attrape Perla par la main. Nous dansons

ensemble, tandis que Noémie sautille et virevolte en entraînant Précieuse avec elle !

Nous passons une soirée vraiment fabuleuse !

C'est fantastique de s'entendre aussi bien, sans dispute et sans histoire. J'ai presque l'impression que les jumelles sont nos amies...

Ce serait parfait, si c'était vrai, non ?

Parce qu'au fond, l'amitié c'est ce qu'il y a de plus important. Tant mieux, car tu es là, toi aussi...

... Et nous serons toujours amies !

FIN

Que se passe-t-il ensuite ?

Pour le savoir, regarde vite

la page suivante !

L'aventure continue à la Princesse Academy avec Princesse Anna !

C'est la rentrée au Château de Nacre !
Les Princesses de la Chambre des Lys arrivent en retard au petit-déjeuner parce qu'elles ont aidé un petit chaton. Mais comme les animaux de compagnie sont interdits à l'Académie, le Directeur est persuadé que c'est un mensonge. Les Princesses sont donc privées de Bal de Bienvenue ! Vite, elles doivent retrouver Noires-Moustaches !

Pour connaître la date de parution de ce tome, inscris-toi à la newsletter du site :
www.bibliothequerose.com

Les as-tu tous lus ?

Retrouve toutes les histoires de la Princesse Academy dans les livres précédents.

Princesse Charlotte ouvre le bal

Princesse Katie fait un vœu

Princesse Daisy a du courage

Princesse Alice et le Miroir Magique

Princesse Sophie ne se laisse pas faire

Princesse Émilie et l'apprentie fée

Saison 2 : les Tours d'Argent

Princesse Charlotte et la Rose Enchantée

Princesse Katie et le Balai Dansant

Princesse Daisy et le Carrousel Fabuleux

Princesse Alice et la Pantoufle de Verre

Princesse Sophie et le bal du Prince

Princesse Émilie et l'Étoile des Souhaits

Saison 3 : le Palais Rubis

Princesse Chloé entre dans la danse

Princesse Jessica a un cœur d'or

Princesse Marie garde le sourire

Princesse Olivia croit au Prince Charmant

Princesse Maya fait le bon choix

Princesse Noémie n'oublie pas ses amies

Princesse Noémie et la Serre Royale

PRINCESSE Academy
Le Palais Rubis

Princesse Olivia
et le Bal des Papillons

Cet ouvrage a initialement paru en langue anglaise en 2007
chez Orchard Books sous le titre :
Butterfly Ball.

Adapté de l'anglais par Natacha Godeau

Mise en page et colorisation : Valérie Gibert et Philippe Sedletzki

Hachette Livre, 43 quai de Grenelle, 75015 Paris